1996

POËME
HEROÏQUE,

Sur ce que le Roy a fait pour l'Eglise, &
sur l'Edit nouvellement rendu
en faveur des Curez.

Par le Sieur BAULDRY.

A PARIS,

Chez ANDRE' GRAMOISY, ruë de la Harpe,
au Sacrifice d'Abraham.

M. DC. LXXXVII.

AVEC PERMISSION.

A MONSEIGNEUR
LE DUC DE S. AGNAN,
PAIR DE FRANCE,
COMMANDEUR DES ORDRES DU ROY,

Premier Gentilhomme de la Chambre, Lieutenant
General de ſes Armées, Gouverneur du Havre,
&c.

ET

Protecteur de l'Academie Royale d'Arles.

ONSEIGNEUR,

Comme mes premiers Ouvrages ont eu le bonheur de vous plaire, j'oſe me flatter que celuy-cy
aura le meſme ſuccês, avec d'autant plus de rai-
ſon, qu'il regarde uniquement notre Incompa-

A ij

rable Monarque. Je ne m'attache point à décrire
ses Conquestes ; mais mon dessein, conforme à
mon caractere & à la profession que je fais, est
de presenter à S. M. sous vos favorables auspices,
les productions d'une Muse respectueuse, & de
marquer au nom de tous mes Confreres la reconnoissance qu'ils luy doivent des faveurs qu'Elle
leur a nouvellement accordées. A qui pouvois-je
donc mieux m'adresser pour faire un remercie-
ment des Pasteurs de l'Eglise au Roy Tres-Chré-
tien, qu'à vous, MONSEIGNEUR, qui estes un
exemple de pieté ; qui avez l'avantage en tout
temps d'approcher sa Personne sacrée ; & qui par
votre beau genie aussi-bien que par votre bonté
toute particuliere faites valoir les choses auprês
de S. M. Enfin j'espere que vous approuverez mon
dessein, persuadé que vous estes de mon appli-
cation à chanter les louanges de notre grand Monarque, & du profond respect avec lequel je suis,

De V. G.

MONSEIGNEUR,

Le tres-humble & tres-obeïssant Serviteur
A. BAULDRY.

AU ROY.

E ne veux point icy d'une importune voix
Publier ta Valeur, & chanter tes Exploits,
GRAND PRINCE; je sçay bien qu'une Muse vulgaire
Doit prendre en cet endroit le party de se
taire;
Et que pour réüssir dans un dessein si beau,
Le Siecle auroit besoin d'un Virgile nouveau.
C'est à faire aux neuf Sœurs d'aspirer à la gloire
D'étaler ces hauts faits dans le cours de l'Histoire.
Je pretens seulement par des vœux eternels
Faire valoir le Bras qui soutient les Autels:
A tes rares Vertus ériger un trophée,
Du débris de l'Erreur par tes soins étouffée,
Surpris de voir perir sous le joug de tes loix
Cette Hydre, qui jadis fit trembler tant de Rois.
Je veux faire éclater cette Loy souveraine,
Qui remet les Autels dans leur sacré domaine,
Et qui rend aux Pasteurs par ton autorité,
Le droit que dês long-temps on leur avoit osté.

B

C'est icy, GRAND HEROS, que mon cœur s'intereſſe,
Et que malgré l'aveu de ma propre foibleſſe,
Je ne puis m'empecher, dans l'ardeur que je ſens,
De t'offrir avec eux des vœux & de l'encens.
Enfin ſouffre, mon ROY, que d'un pinceau fidele
Je marque en meſme temps & ta gloire, & leur zele.
  Dans le temps que le Ciel, par le ſang des VALOIS,
Fourniſſoit des Heros au thrône de nos Rois,
La France redoutable au reſte de la Terre,
Voyoit fleurir ſes Lis & ſans bruit & ſans guerre;
A l'ombre des lauriers dont ſon chef eſt paré,
Elle prenoit au Louvre un repos aſſuré;
Et Morphée ennemy des alarmes guerrieres,
Avec ſes doux pavots luy fermoit les paupieres.
L'œil eſt charmé de voir ſur ſes brillans habits
Un mélange éclatant de dauphins & de lis.
Son ſuperbe Palais eſt paré des trophées
Des Ennemis vaincus, & des Villes forcées;
Et ſur les murs voiſins on voit repreſentez
Tous les Heros François que l'Hiſtoire a vantez.
Le Peuple dans ce temps, animé du vray culte,
Encenſoit les Autels ſans crainte & ſans tumulte;
Et le Ciel répondant à cette pieté,
Ajoûtoit l'abondance à la tranquillité.
Sans mélange d'erreur la divine Parole
N'avoit qu'un meſme Maiſtre, & qu'une meſme Ecole;
Et la croſſe à la main, les Prelats abſolus,
Faiſoient regner les Loix, & fleurir les Vertus.
Mais l'orgueil inſolent de cet Ange rebelle
Ne put long-temps ſouffrir une union ſi belle,

Es pour en arrester les progrês trop heureux,
Suscita les Esprits des climats tenebreux,
Qui dans l'affreux reduit de ces cavernes sombres,
Parurent au signal du Monarque des Ombres.
Mille feux étouffez d'une épaisse vapeur,
Exhalent dans ces lieux une mortelle odeur,
Et son thrône naissant du milieu de ce gouffre,
N'a point d'autres clartez que des flâmes de soufre.
Là cent malins Esprits venus de toutes parts,
Rangez confusément sous ses noirs étendarts,
Poussez du mesme orgueil, racontent pour luy plaire,
Les desordres sanglans qu'ils ont fait sur la Terre,
Et de ce fier Tyran des manoirs enfumez,
Plus ils ont fait de maux, plus ils sont estimez.
Si-tost que ces Esprits, dans cette voûte obscure,
Eurent fait succeder le silence au murmure,
Ce Monarque irrité demande leur secours,
Les exhorte, les presse, & leur tient ce discours:
Complices de mon sort & de ma destinée,
Chere Troupe icy-bas avec moy confinée,
Depuis le jour fatal, que du Maistre des Cieux
N'ayant pu soutenir le bras victorieux,
Le Destin nous donna les Enfers pour domaine,
J'ay si fort maintenu ma grandeur souveraine,
Que dans tous les climats où regnent les Mortels,
On y voit encenser mes superbes Autels.
Du Midy jusqu'au Nord, du Couchant à l'Aurore,
L'on respecte mon nom, l'on me craint, on m'adore,
Et je reduis si bien les peuples sous ma loy,
Que le Ciel fait bien moins de conquestes que moy.

Cependant à mes yeux le peuple de la France
Refuse impunément le joug de ma puissance,
Et le Christ, par un droit vainement pretendu,
Voit fumer ses Autels d'un encens qui m'est dû.
Mais perisse plutost l'autorité suprême,
Qui depuis si long-temps soutient mon diadême,
Si mon bras méprisé par ces foibles Mortels,
Ne détruit ses Pasteurs, & n'abbat ses Autels.
Comme c'est dans leur regne où consiste sa gloire,
C'est aussi dans leur perte où j'auray la victoire ;
De l'affront qu'ils m'ont fait je sçauray les punir,
Et par ce coup present ils craindront l'avenir.

Du bruit prompt & tonnant que son discours excite,
On entend raisonner les antres du Cocyte,
Et ces Monstres liguez, d'une commune ardeur,
Ne respirent que sang, que carnage, qu'horreur.
Comme on voit des serpens évitans la froidure,
S'assembler dans l'hyver sous une roche obscure,
Et d'un seul coup heurtez dans leurs retranchemens,
Faire un horrible bruit avec leurs sifflemens :
Ainsi par ce discours cette Troupe ennemie
Reveille sa fureur qui sembloit endormie,
Et jurant de concert la perte des Humains,
Fait trembler de ses cris les antres souterrains.
L'Heresie aussi-tost de fureur enflâmée,
Laisse par ordre exprês sa place accoutumée,
Prend la route des airs, & traverse sans bruit,
Des lieux noirs & profonds consacrez à la Nuit,
Et trainant avec soy la Discorde & la Guerre,
Son chef aux crins mortels se fait voir sur la Terre.

Sur

Sur les bords d'un grand Lac s'éleve une Cité, La ville de Geneve.
Qui garde dans ses murs son antique fierté.
Cet Étang spacieux que le Rhône partage,
Semble entr'ouvrir son sein pour fournir un passage
Au rapide torrent, qui fier de ses progrês,
Ne veut point se mêler aux eaux de ce marais;
Mais coupant de son cours ses abysmes profondes,
Conserve sa couleur, & distingue ses ondes.
Le Luxe de tout temps, dans ce riant sejour,
Tient avec les Plaisirs son empire & sa cour.
Soudain sur cette place elle arreste la veuë,
Et la voyant enfin de Pasteurs dépourveuë,
Ah! c'est icy, dit-elle en élevant sa voix,
Où je veux établir & mon thrône & mes loix;
Le temps est donc venu que ma secte nouvelle
Doit combattre du Christ la presence réelle,
Et que ce point sacré de sa Religion
Doit passer desormais pour une illusion:
C'est dans ces forts remparts où l'on me verra libre,
Fouler aux pieds l'orgueil & du Tage & du Tybre,
Et qu'enfin je rendray le sacré Vatican
Sujet à la Discorde, & troublé par Satan.
Mais pour voir l'entreprise heureusement finie,
Cherchons dans l'Univers quelque puissant Genie,
Qui pour mieux attirer les esprits & les cœurs,
Oppose ma doctrine à la voix des pasteurs.
Ainsi dit, & montant sur les aisles d'Eole,
Où reside Calvin promptement elle vole.
Ce docteur prévenu du dessein des Enfers,
Tenoit des saintes Loix les volumes ouverts,

Et la plume à la main, par une glose feinte,
Tâchoit de leur donner une nouvelle atteinte.
La Deesse infernale entrant dans ce reduit,
Se deffait aussi-tost de l'horreur qui la suit ;
Sa teste de serpens n'est plus environnée,
Son haleine au dehors n'est plus empoisonnée,
Et se donnant un air engageant & flatteur,
Elle tient ce discours au superbe Docteur.
O toy, que le Destin, dans le siecle où nous sommes,
Choisit pour estre un jour le plus heureux des hommes ;
Qui de mes interests genereux partisan,
Dois parmy nos Docteurs tenir le premier rang :
Le Prince des Enfers auprês de toy m'envoye
Dire qu'en ta faveur tous ses biens il déploye,
Et que dês ce moment, de la Terre & des Mers
Les plus riches tresors sont pour toy tous ouverts ;
Dans peu, de ces faveurs tu recevras des marques ;
Tu verras à tes pieds les sceptres des Monarques,
Et du thrône des Lis le peuple perverty,
Laissera ses Pasteurs, & suivra ton party :
La Tamise à tes loix soumettra son audace ;
L'Escauld en l'imitant suivra la mesme trace ;
Et par toute l'Europe on verra les Mortels
Eriger à ton nom des superbes autels.
Mais pour mettre aux abois la Puissance Romaine,
Dans Geneve établis ta chaise souveraine ;
Déja de mon pouvoir ce peuple autorisé,
A recevoir ton joug paroist tout disposé ;
Et de là répandant ta nouvelle doctrine,
Ton nom triomphera dans la France voisine.

C'eſt là que le Deſtin te promet par ma voix,
Un bonheur preferable à la pourpre des Rois.
Elle dit, & d'abord par un charme magique
Elle inſpire au Docteur la malice heretique;
Puis reprenant ſon vol plus viſte qu'un éclair,
Elle quitte la terre, & s'éleve dans l'air.

Calvin à ces propos ſent naiſtre dans ſon ame
Le mouvement ſoudain d'une nouvelle flâme,
Et le feu devorant dont il eſt agité,
Ne donne aucun relâche à ſon activité.

Telle qu'on vit jadis la Preſtreſſe Delphique,
Aprês avoir quitté le trepied prophetique,
Et receu la fureur du Dieu qui la remplit,
Errer dans ſa caverne & le jour & la nuit.
Telle eſt de ce Docteur la poſture funeſte,
Changeant à tous momens & de place & de geſte :
Impatient d'aller où l'appelle l'Enfer,
Son cœur voudroit luy faire une route dans l'air;
Mais enfin ſon demon, ſans luy donner de treve,
L'entraine promptement dans les murs de Geneve.

Déja le voile épais dont ſe couvre la Nuit,
Faiſoit place aux rayons de l'Aſtre qui la ſuit,
Lorſqu'on vit de Calvin le perfide genie
Faire dans ces climats éclater ſa manie,
Et répandre en ces lieux le menſonge & l'erreur,
Que cet eſprit malin luy ſouffla dans le cœur.
En vain dans ces momens la Verité ſouffrante
Tâche de s'oppoſer à cette Hydre naiſſante,
Le peuple empoiſonné de ce venin fatal,
Reçoit un coup mortel, & n'en voit point le mal.

Ainsi lorsqu'au Printemps une froidure aigue
A glacé les beaux lis dont Flore est reveſtue,
En vain l'Aſtre du jour répandant ſa chaleur,
Tâche de r'animer leur mourante vigueur;
Il voit dant un inſtant à ſes yeux diſparoiſtre
La beauté de ces fleurs que luy-meſme a fait naiſtre,
Et ne peut, quelque ſoin qu'il y puiſſe apporter,
Leur rendre cet éclat qu'ils viennent de quitter.
Telle eſt de la Cité la triſte deſtinée;
De ce venin fatal elle eſt empoiſonnée,
Et pour parer le coup qui luy donne la mort,
En vain la Verité fait un dernier effort.

A peine le Soleil avoit fait ſa viſite
Dans les douze maiſons où ſa route eſt preſcrite,
Que ce Monſtre naiſſant, de ſon ſouffle malin
Dans l'Empire des Lis épancha ſon venin,
Et ſous les étendarts du Menſonge & du Vice
Fit ſur la Verité triompher l'Injuſtice.
Le peuple devenu partiſan de l'Erreur,
En ſoutient la malice avec tant de vigueur,
Que la Mere des Lis, dans ce deſordre extrême,
Contre ſon propre ſein tourna ſa force même,
Et n'eut point de remede à ces malheurs preſſans,
Que le ſang & la mort de ſes propres enfans.

Muſe, raconte-moy par quelle deſtinée,
A la haine du Sort la France abandonnée,
Vit dans un meſme temps ſes peuples diviſez,
Sa campagne deſerte, & ſes temples raſez:
Dis-moy par quel aſpect l'Aſtre qui la domine,
Alluma la fureur d'une guerre inteſtine,

Qui

Qui trainant aprês foy le dernier des malheurs,
Mit enfin aux abois l'Eglife & fes Pafteurs.
N'étoit-ce pas affez, qu'une fois la Tamife
Eût impofé fes loix à la Seine foumife;
Et que pendant un temps le caprice de Mars
Dans la place des lis eût mis les leopards?
Falloit-il que ce Dieu, qui déja pour le crime
Avoit fait de fon corps une fainte victime,
Sur fes propres autels fût encore infulté,
Et privé d'un encens qu'il avoit merité?
France, tu le fçais bien; ton augufte Couronne
Tient des temples facrez l'éclat qui l'environne;
Mais en les profanant, ton bonheur doit finir
Par les mefmes appuis qui l'ont dû foutenir:
Tu te détruis toy-mefme, alors que tu furmonte;
Tes plus heureux fuccés font ta perte & ta honte;
Et dans tous les combats qu'entreprend ta fureur,
Ta plus belle victoire eft ton plus grand malheur:
C'eft à tort que ton zele invente un nouveau culte,
Loin d'honorer ton Dieu, tu luy fais un infulte;
Et ce zele indifcret, dont tu veux te flatter,
Te conduit à la mort que tu crois éviter.
Déja de toutes parts le peuple eft en émute,
La difcorde eft par tout, l'Ecole eft en difpute;
L'Artifan le plus fimple, enteflé de l'erreur,
Reforme l'Ecriture, & s'érige en Docteur.
Le Noble, le Bourgeois, un chacun à fa mode,
Donne un fens qui luy plaift au loix du facré Code;
Mais aprês ces débats & tous ces difcours vains,
On quitte la difpute, & l'on en vient aux mains.

D

La Guerre
des Anglois

On sent de tous côtez la fureur de Bellonne,
Elle entreprend sur tout, & n'épargne personne;
Et des peuples mutins les formidables camps
Desolent les citez, & ravagent les champs,
Sous les mesmes drapeaux l'on voit deux adversaires,
Les guidons sont pareils, les partis sont contraires,
Et le mesme lien qui devroit les unir,
Augmente la discorde, au lieu de la finir.
Le fils contre le pere hardiment s'interesse,
Le pere en fait de mesme, & malgré la tendresse,
La nature cedant à la religion,
Il neglige son sang, & suit sa passion,
Helas! c'est en ce lieu qu'une vive peinture
Devroit de ces malheurs nous tracer la figure,
Mais pour n'en point souiller & ma plume & mes mains,
J'évite le recit de ces faits inhumains,
Et je veux épargner, par un prudent silence,
Et la peine à ma Muse, & la honte à la France,
Je ne parleray point des desordres mortels
De ce jour, où Themis sceut vanger les Autels;
Et pour l'honneur du Ciel employant son épée,
Vit presqu'en un seul jour l'Heresie extirpée,
Et pensa d'un seul coup emporter par le fer,
Le poison de la Terre, & l'orgueil de l'Enfer.
Muse, dis seulement les disgraces cruelles,
Que l'Eglise souffrit de ses enfans rebelles,
Qui de leur propre mere infames deserteurs,
En jurerent la perte, & celle des Pasteurs.
Dans mille endroits divers l'ingrate populace
Soutient impunément le party qu'elle embrasse.

Heureuse de trouver, dans cette nouveauté,
La licence du crime avec l'impunité.
Le silence des Loix donne le privilege
De joindre l'attentat avec le sacrilege;
On érige par tout des autels à l'Erreur,
Et des temples brulez la fumante vapeur
Semble ne s'élever dans les voûtes sublimes;
Que pour y demander la vengeance des crimes.
Le Prestre envelopé dans ce débris mortel, V. Varillas
Tombe comme victime aux pieds de son autel; Hist. de
On ne respecte plus Ordres ny Caracteres; Ch. IX.
On traite avec mépris les plus sacrez mysteres.
Et presque tout le peuple affermy dans l'erreur,
Se fait un ennemy de son propre Pasteur.
Et vous, Heros Chrestiens, dont les cendres sacrées Reliques
Dans les temples jadis furent si reverées, brulées.
On vous va rechercher jusque dans le tombeau,
Pour vous faire souffrir un martyre nouveau.
Aprés tous ces tourmens, par un surcroist de crimes,
Du Pasteur égorgé l'on usurpe les dixmes,
Et le tribut que Dieu recevoit des Humains;
Se refuse à l'Eglise, & passe en d'autres mains.
*   D'un tranquille repos la France qui sommeille,*
Au bruits de ses sujets à l'instant se réveille;
Elle voit en tous lieux, de son peuple éperdu
Les desordres, le meurtre, & le sang répandu.
Tel qu'un Berger assis au bord d'une fontaine,
Aprés avoir conduit ses agneaux dans la plaine,
Laisse errer par les champs ce paisible troupeau,
Et sans crainte des loups s'endort au bord de l'eau

Mais ſi-toſt qu'au ſommeil il s'eſt laiſſé ſurprendre,
Du ſommet des côtaux ſoudain l'on voit deſcendre
Ces animaux cruels, qui de ſang alterez,
Couvrent tout le valon de moutons devorez.
Au premier bruit que fait cette troupe bêllante,
Le Berger endormy s'éveille, s'épouvante,
Et criant au ſecours, fait repeter cent fois
Sa plaintive douleur à la Nymphe des bois.
    Tel eſt l'état funeſte où ſe trouve la France,
Dans le temps qu'elle croit ſon peuple en aſſurance,
C'eſt alors que l'Enfer par un double attentat
Profane les Autels, & ravage l'Eſtat.
Parmy ces coups mortels & ces rudes alarmes,
Pour ſoulager ſes maux elle a recours aux larmes,
Et ne trouvant enfin que ce foible ſecours,
Elle s'adreſſe au Ciel, & luy tient ce diſcours.
    Seigneur, qui tiens en main toutes nos deſtinées,
Qui conduits à ton gré le cours de nos années,
Et qui, lorſqu'il te plaiſt, peux faire en un inſtant,
Du Berger un Monarque, & de l'Eſtre un Neant:
Si je n'ay pour appuy ta puiſſance ſuprême,
Mon peuple diviſé ſe detruira luy-même,
Et ce que n'avoit pû le reſte des humains,
Il le fera luy ſeul avec ſes propres mains.
Tu ſçais que de tout temps mon Royaume fidele,
Contre tes ennemis a ſignalé ſon zele,
Et que tous mes ſujets éclairez de la Foy,
Aux dépens de leur vie ont maintenu ta Loy.
Pour ta cauſe jadis ma Nation armée,
Porta ſes étendarts au fond de l'Idumée;

Et

Et du Nil effrayé les Rivages conquis
Tremblerent à l'aspect du Monarque des Lys;
Pourquoy souffres-tu donc qu'une Discorde noire
Produise un changement si fatal à ta gloire,
Et qu'enfin mes Sujets divisez dans la Foy,
Rompent ce nœud sacré qui les joignoit à toy:
Encore si ce peuple auteur, de ce divorce,
Tournoit contre luy seul & sa rage & sa force,
On pouroit esperer que devenant plus doux,
Il calmeroit mes maux en calmant son courroux:
Mais helas par malheur ta justice outragée,
Paroit à le punir d'autant plus engagée,
Que toy-mesme attaqué sur tes propres Autels,
Tu souffres l'attentat de ses bras criminels;
Puis-je donc esperer une heureuse sortie,
D'une cause où le Juge est luy-mesme partie?
Et comment puis-je attendre un favorable Arrest
De celuy dont mes mains ont blessé l'interest?
Mais puisque de mon sort l'Enfer se rend le maistre,
Mes yeux, pleures ces maux, & ceux qui doivent naistre;
Pleures également dans ce triste revers,
Le peuple qui me reste, & celuy que je perds;
Ces soupirs, vrais témoins du malheur qui la touche,
Luy font verser des pleurs, & luy ferment la bouche,
Et les sanglots pressez qui sortent de son cœur,
Etouffent sa parole, & non pas sa douleur.
Quand d'un objet divin la figure inconnuë
Paroit à son aspect, & luy frappe la veuë,
Son visage brillant comme l'Astre du jour,
Luy donne par ses yeux mille marques d'amour;

E

Et son corps revêtu d'un habit magnifique,
Joint à sa belle taille une mine heroïque.
Chere Fille du Ciel, luy dit-il en ces mots,
Evite ces chagrins qui troublent ton repos ;
Rends à tes sens émûs leur assiete ordinaire,
Et reconnois en moy ton Ange tutelaire,
Qui ne quitte le Ciel que par un ordre exprês,
Pour dissiper ta crainte, & calmer tes regrets ;
Oppose à ces malheurs un courage intrepide,
Et ne redoute rien sous le bras qui te guide ;
Si pendant quelque temps tu vois regner l'Erreur,
C'est pour mieux rétablir l'Eglise en sa splendeur.
Semblable à ces Ormeaux, qui battus de l'orage,
C'est alors que leur tronc s'affermit davantage ;
Ainsi par un ressort qui nous est inconnu,
Quand l'Enfer pense vaincre, il se trouve vaincu.
Ce Dieu juste & puissant, dont le bras redoutable
Protege l'innocent, & punit le coupable,
Veut icy par ma voix t'apprendre des secrets,
Qui mettront au tombeau ta peine & tes regrets :
Bien-tôt de nos VALOIS la tige deffaillante,
Doit laisser aux BOURBONS la Couronne vacante :
HENRY commencera par sa propre valeur
D'affermir son Empire, en détruisant l'Erreur ;
Son fils LOÜIS LE JUSTE, heritier de sa gloire,
Sur cette Hydre rebelle aura mainte victoire.
Enfin LOÜIS LE GRAND sur leur thrône étably,
Rendra par ses Vertus cet ouvrage accomply :
C'est luy, qui pour remplir ses hautes destinées,
Signalera son bras dês ses tendres années ;

Et qui joignant la *Force* avec la *Pieté*,
Fera mourir le *Vice*, & regner l'*Equité* ;
Sous les premiers efforts de son jeune courage,
On verra trembler l'*Aigle*, & le *Lyon* du *Tage* ;
Sur le vaste *Ocean* le timide *Naucher*
Ne redoutera plus le *Corsaire* d'*Alger* ;
L'*Escauld* ne sera plus l'invincible barriere,
Dont le *Belge* insolent munissoit sa frontiere ;
Et les rives du *Rhin* auront un jour l'affront
De voir passer Loüis où *Cesar* fit un *Pont*.
Tous les *Peuples* charmez luy viendront rendre hommage :
Mais ce qui le doit rendre & plus grand & plus sage,
C'est qu'il n'aspirera par ces illustres faits,
Qu'à rétablir l'*Eglise*, & luy donner la päix.
Dans ces jours fortunez par sa voix souveraine,
Le *Pasteur* rentrera dans le sacré *Domaine* ;
Et par ses justes *Loix* les *Prestres* à leur tour
Gouteront de ces biens l'agreable retour.
Ton ame dans ce temps heureusement surprise,
Verra changer de face & l'*Etat* & l'*Eglise* :
Ta gloire & ton repos renaistront dans ces jours.
A ces mots il s'arreste, & finit son discours ;
Et quittant le beau corps qui le faisoit connoitre,
En cessant de parler, il cessa de paroitre.
　　La *France* à ces propos ressent un mouvement,
Qui confond le plaisir avec l'étonnement :
Le transport de son cœur reprend une autre voye,
Et passe en un moment des larmes à la joye,
De mesme qu'un *Naucher* qui tout prest de la mort,
Est sauvé par un vent qui le conduit à bord.

GRAND ROY, c'est dans nos jours qu'en faveur de la France
Le Ciel avec ton bras paroist d'intelligence,
Et que par tes travaux nous voyons accomplis
Ces progrês glorieux dans l'Empire des Lys;
Un coup si surprenant à tout autre impossible,
Aux yeux de l'Univers rend ta Vertu visible,
Et les plus grands Heros n'égaleront jamais
Le nombre ny l'éclat de tes illustres faits.
C'est par tes soins pieux que l'Erreur est bannie,
Et qu'avec ses Enfans l'Eglise réünie,
Voit enfin le Pasteur sans obstacle, sans bruit;
Recevoir le tribut du Troupeau qu'il conduit.
GRAND PRINCE, permets donc, que par reconnoissance
Ces Ministres sacrez, ces Pasteurs de ta France,
Charmez du souvenir de tes bienfaits receus,
Te presentent par moy leurs cœurs & leur encens.
Enfin puisse le Ciel maistre des destinées,
Au nombre de tes faits égaler tes années.

A. BAULDRY.